Spanish read

MIEDO EN OVIEDO

ADRIÁN GORDALIZA VEGA

© Premium Languages

All rights reserved. No part of this publication may be reproduced, distributed, or transmitted in any form or by any means, including photocopying, recording, or other electronic or mechanical methods, without the prior written permission of the publisher, except in the case of brief quotations embodied in critical reviews and certain other noncommercial uses permitted by copyright law. For permission requests, write to the publisher, addressed "Attention: Permissions Coordinator," at the address below.

Premium Languages
109 Rathcoole Gardens
N8 9PH
www.premiumlanguages.co.uk

Ordering Information:

Quantity sales. Special discounts are available on quantity purchases by corporations, associations, and others. For details, contact the publisher at the address above.

PRÓLOGO

Oviedo es una bonita ciudad del Norte de España. Es la capital del Principado de Asturias y tiene unos 2020 mil habitantes.La ciudad está a unos 23 kilómetros de la costa y en consecuencia su clima es marítimo con lluvia abundante durante todo el año, veranos suaves e inviernos templados.

Es una ciudad de origen antiguo (año 761) pero también con muchos edificios modernos. Es famosa por ser una ciudad muy limpia y por tener un gran número de estatuas decorando las calles.

GLOSARIO

A
Abrazo
Aconsejar
Amenazas
A pesar de
Aunque
Auriculares
Ayuntamiento
B
Brindar
C
Comportarse
D
Decepcionados
E
Emocionada
Encargarse
Encender
Enfadada
Escaparates
Espejo
Evitar

F
Fuerza
G
Gerente
Gesto
Grabar
Gritar
Guardaespaldas
P
Parada
Partido
Peligro
R
Ramo
Rato
S
Sucia
T
Talla
Testigo
V
Venganza

VERBOS

Aconsejar - Brindar - Comportarse - Encargarse - Encender - Enviar - Evitar - Grabar - Gritar -

NOMBRES

Abrazo - Amenazas - Auriculares - Ayuntamiento - Escaparates - Espejo - Fuerza - Gerente - Gesto - Guardaespaldas - Parada - Partido - Peligro - Ramo - Rato - Talla - Testigo - Venganza

ADJETIVOS

Decepcionados - Emocionada - Enfadada - Sucia

CONECTORES

A pesar de que - Aunque

PERSONAJES

Elena Vega - Es la protagonista de la historia. Trabaja como responsable de la seguridad de sus clientes.

María Calavera - Cantante de hip-hop famosa que visita la ciudad para dar un concierto

Luís Ríos - Es el manager de María Calavera y su mano derecha.

Alberto - Es el novio de Elena. Es muy tranquilo y muy futbolero.

Natalia - Es la amiga de Elena. Es guía turística en su tiempo libre.

CAPÍTULO 1

Llueve. Como siempre, llueve cuando es domingo en Oviedo y son las 7 de la tarde. Suena el teléfono y mi novio no quiere responder. Me levanto y le miro con cara de **enfadada**. No espero ninguna llamada y no conozco el número.

- ¿Diga?
- Buenas tardes, ¿puedo hablar con Elena Vega?
- Sí, soy yo, ¿cómo puedo ayudarle?
- Estamos interesados en contratar sus servicios de seguridad para una cliente muy especial.
- Todos mis clientes son especiales.

- Seguro, pero estamos hablando de María Calavera.

- ¿La cantante de hip-hop?

- Exacto. La semana que viene va a dar un concierto en Oviedo y estamos preocupados por su seguridad personal. Ha tenido varios incidentes desagradables en sus últimos viajes y nos gustaría **evitarlos** esta vez.

- ¿Cuándo es el concierto?

- El viernes a las 10 de la noche en la plaza de la catedral. Sin embargo, nosotros llegaremos a Oviedo el miércoles.

- ¿Podemos vernos el miércoles y hablar tranquilamente cara a cara?

- Es una buena idea. Nos vemos en el Hotel Reconquista el miércoles a las 4 de la tarde, normalmente está muy tranquilo a esa hora.

- Estupendo. Nos vemos allí.

Cuando termino de hablar mi novio sigue viendo el fútbol en la televisión. No parece muy interesado en mi historia.

- Me han llamado para **encargarme** de la seguridad de María Calavera.
- ¿De quién?
- ¡María Calavera, la cantante de hip-hop!
- Ni idea.
- ¿En serio? Es una de las artistas más famosas de España. Siempre sale en la televisión y sus canciones son muy populares en la radio.
- ¡Oh… oh…. Gooooooool!
- Alberto, no me estás escuchando.
- ¡Este **partido** lo vamos a ganar, Elena, lo vamos a ganar!

Mi novio es un loco del fútbol y a veces pienso que es un poco limitado, pero es muy bueno, bastante guapo y me gusta.

CAPÍTULO 2

Normalmente los miércoles almuerzo con mi amiga Natalia. Ella trabaja en una tienda de ropa en la calle Uría, que es la calle principal de Oviedo. Su pasión es el arte y la historia. Durante los fines de semana organiza visitas guiadas para turistas, a veces también para los amigos y su familia.

Es difícil no mencionar que voy a trabajar para María Calavera, pero tengo que ser profesional hasta el final.

Después de comer doy una vuelta por el centro mirando **escaparates**. Me siento un **rato** en un banco del parque San Francisco hasta las cuatro menos diez. Oviedo no es una ciudad grande y camino hasta el Hotel Reconquista en diez minutos. Es un hotel muy bonito de cinco estrellas y con mucha historia. La sala del café es espectacular, pero está vacía y me siento en uno de los sillones a esperar.

Cinco minutos después llegan un hombre y una mujer. Ella es María Calavera, y **aunque** soy una persona tranquila, estoy un poco nerviosa. Voy a conocer a una estrella de la música y no sé muy bien qué decir…"Profesional, Elena, tienes que ser profesional…"

- Hola, buenas tardes. Eres Elena Vega, ¿verdad? Yo soy Luís Ríos, manager de María.
- Encantada.

- A ella imagino que ya la conoces, es María Calavera.

María lleva gafas de sol dentro del hotel. Va vestida con unos pantalones rojos, una camiseta blanca un poco **sucia** y una chaqueta negra que parece muy cara.

Dice "hola" pero no parece interesada en mí ni en la conversación. Tampoco es muy simpática. Su manager y yo pedimos café cortado y ella pide un gin tonic.

- Estamos muy preocupados por la seguridad de María. Pensamos que alguien quiere hacerle **daño**. En el último concierto en Santander tuvimos que llamar a la policía porque alguien entró en su habitación del hotel y dejó una nota: "Sé cómo hacerte daño".

- ¿Y qué queréis que haga yo, exactamente?
- Simplemente que durante estos días tú seas la **guardaespaldas** de María en Oviedo.
- Vale, puedo hacerlo.
- ¿Hablamos de dinero?
- Buena idea.

La conversación dura unos 20 minutos y María no dice absolutamente nada. Solo le pide al camarero otro gin tonic, se pone los **auriculares** y nos ignora. Al despedirme le doy la mano y le digo que nos veremos por la noche. No hay respuesta pero hace un **gesto** afirmativo con la cabeza.

CAPÍTULO 3

María y su manager Luís Ríos salen a cenar a las 9 y media. Yo voy a ir con ellos pero no estoy invitada a cenar. El restaurante no está lejos y es posible caminar, pero sugiero ir en un taxi para evitar a los periodistas y para ser más discretos.

Cuando llegamos al restaurante hay una mesa reservada para 4 personas. Le pregunto a Luís quiénes son las otras dos personas. Son músicos que van a trabajar con María en el concierto. Luís me informa de que tengo que esperar afuera hasta que terminen de cenar.

Hace un poco de frío, pero espero pacientemente. Mi novio me llama por teléfono pero no respondo. Finalmente le **envío** un mensaje de texto: "Estoy trabajando, no me esperes despierto".

A través de la ventana veo cómo todos comen, excepto María, que solo bebe vino. Después de casi dos horas esperando oigo ruidos dentro del restaurante y varias personas alrededor de la mesa de María. Decido entrar rápidamente para ver qué pasa. Ha bebido mucho y está discutiendo con los camareros y otros clientes. Intento tranquilizar la situación pero es muy difícil. Hay insultos y **amenazas**. Finalmente les **aconsejo** salir inmediatamente del restaurante.

En la calle, María sigue **gritando** y haciendo ruido. Unos chicos la reconocen y van hacia ella para hacerse una foto.

- No, chicos -les digo-. Ahora no es un buen momento.
- Es solo una foto, por favor.
- No quiero fotos -dice María-. ¡Dejadme en paz!

Los chicos parecen molestos por la actitud de María y le dicen que están **decepcionados**. Ellas les llama idiotas. Los chicos se enfadan mucho y ellos comienzan a **grabar** un video de María con su teléfono. Ella quiere cogerles el móvil y yo tengo que detenerla.

Es un desastre y le digo a Luís que lo mejor es separarse, los músicos por un lado y nosotros por otro. Llamo a un taxi y volvemos al hotel. Durante el trayecto María se **comporta** muy mal y me parece que van a ser unos días muy largos trabajando para esta chica.

Cuando llegamos al hotel, le pido a Luís que me deje entrar en la habitación con María porque me gustaría hablar con ella. Él no parece convencido pero finalmente acepta.

CAPÍTULO 4

María está muy agitada pero tengo que advertirle que con esa actitud no puedo garantizar su seguridad.

- Es muy difícil si no eres amable con la gente. Eres una persona muy conocida y obviamente van a querer una foto contigo.
- No es mi trabajo, yo soy una artista, no una modelo de fotos.
- Bueno, eres una cantante, nada más.
- ¿Qué?
- No eres tan importante, ¿no crees?
- ¡Luiiiiiis! No quiero ver a esta chica nunca más.

Luís entra en la habitación con cara de "te lo dije". Yo estoy de acuerdo en que lo mejor es salir de allí, pero necesito ir al baño un segundo. Cuando **enciendo** la luz del baño y entro, veo en el **espejo** pintado en rojo "Sé cómo hacerte daño".

Ahora María está pálida. Yo estoy un poco asustada y Luís muy nervioso.

- ¿Sospechas de alguien? -le pregunto a Luís-
- ¿Tal vez algún trabajador del hotel?
- No lo creo, ocurrió en otras ciudades también.

Finalmente, le explico al **gerente** del hotel lo que ha ocurrido y le pido que cambie a María de habitación.

- María, mañana a las 9 de la mañana vamos a vernos en la cafetería del hotel y vamos a pasar juntas todo el día. Es por tu seguridad.
- Sí, por favor, ayúdame.
- Está bien, no te preocupes. Voy a hablar con mi amiga Natalia y ella va a organizar una visita de la ciudad. Vamos a hacer turismo durante todo el día.
- Me parece una buena idea -dice Luís Ríos el manager de María-. Yo estaré en el hotel trabajando y hablando con los músicos.

CAPÍTULO 5

María no está de mejor humor por la mañana. Son las 9 de la mañana y lleva sus gafas de sol en el hotel y bebe café solo. Mi amiga Natalia llega a las 9.15am y muy **emocionada** dice:

- ¡María Calavera, no lo puedo creer!
- ¡Mmm!
- Encantada de conocerte.
- Ya.
- He organizado un paseo por la ciudad para visitar algunos lugares interesantes.

La primera **parada** es la plaza de la catedral.

- Mira María, esta es una catedral de estilo gótico pero también tiene elementos...
- ¿Es aquí donde va a ser mi concierto?
- Eh, sí, es aquí.
- Ahí está una estatua de la Regenta, un personaje literario muy popular que...
- No me interesa, es una estatua, ¿no?

Seguimos caminando hasta el **Ayuntamiento** por **callejuelas** muy bonitas y hace un tiempo agradable. Yo siempre camino detrás de María, como una guardaespaldas. Mi amiga Natalia continúa con la visita.

- Esta es la iglesia de San Isidoro. Originalmente era una iglesia románica del siglo XIII que...
- Oh, por favor... es tan aburrido. ¿No podemos hacer algo más divertido?
- Ah, bueno.... Sí, aquí al lado está el mercado, podemos entrar para verlo.

Cuando entramos en el edificio del mercado una chica reconoce a María y dice:

- Ah, María Calavera, una foto, por favor.
- ¡Ahora no, niña!

Natalia explica que el mercado se llama El Fontán porque muy cerca existía una fuente.

- ¿Vas a hablar de cosas aburridas todo el día?
- ¿Aburridas? Um, no, no... ¿qué te gustaría hacer?
- Quiero ir de compras, esto no me gusta, es todo muy viejo.

Diez minutos después estamos en la calle Gil de Jaz donde están algunas de las mejores tiendas de la ciudad.

CAPÍTULO 6

María tiene un gusto terrible para vestir. En menos de 30 minutos gasta dos mil euros en ropa y joyas.

- Quiero probarme es chaqueta.
- Lo siento, no tenemos su **talla**.
- ¡Aagh, qué tienda tan horrible!

Los empleados de la tienda se alegran cuando María sale con varias bolsas. De repente, un mensaje en su móvil: "Ten cuidado, sé dónde estás y puedo hacerte daño".

Ahora María está histérica. Yo intento estar tranquila pero es difícil. La gente en la calle la reconoce y comienza a hacer fotos y grabar vídeos de María Calavera gritando. Llamo a un taxi y María, Natalia y yo vamos a mi casa.

Mi novio está en casa también. En teoría, él trabaja desde casa con su ordenador pero en realidad está viendo vídeos de fútbol en YouTube. Cuando nos ve llegar se sorprende mucho.

- Hola, ¿qué hacéis aquí?
- Es una historia muy larga.
- ¿Por qué cierras las cortinas?
- Es también una historia muy larga.

Después de una hora y un whiskey, María está más calmada. Sugiero volver al hotel y hablar con Miguel para aumentar la seguridad. A María no le gusta la idea pero tiene mucho miedo.

Cuando llegamos al Hotel Reconquista la recepcionista reconoce a María y le dice que han recibido un **ramo** de flores para ella. María no quiere recogerlo pero la recepcionista insiste. Dentro hay un sobre con una nota: "María, estoy muy cerca y sé cómo hacerte daño".

María está totalmente pálida y me mira con los ojos muy abiertos.

- Tengo miedo.
- Vamos a tu habitación, es lo mejor.
- Llama a Luís, quiero hablar con él.

CAPÍTULO 7

Cuando Luís Ríos llega a la habitación María ya ha tomado tres whiskeys y está fuera de control. Los dos tienen una conversación y yo soy **testigo**.

- Me voy a casa, Luís. No quiero estar aquí más tiempo.
- ¿Qué? Mañana tenemos un concierto en esta ciudad.
- Quieren hacerme daño… No voy a cantar mañana.
- No puedo cancelar el concierto. Tenemos un contrato.

- No me importa. Me voy a mi casa ahora mismo.
- Si cancelas el concierto vamos a tener muchos problemas. Tu carrera está en **peligro**.
- Mi vida está en peligro.
- Nadie va a querer trabajar contigo después.
- ¡Aaaaagh! ¡Cállate! Eres un estúpido. Quiero un coche inmediatamente. Quiero que me lleven al aeropuerto ahora.
- María, yo soy tu manager y creo que no estás siendo racional.

María recoge algunas de sus cosas y las pone en una bolsa de viaje. Llama por teléfono a la recepción y dice que quiere un taxi para ir al aeropuerto. Luís intenta detenerla pero es imposible. Está histérica y determinada a irse. Cuando sale de la habitación cierra la puerta con mucha **fuerza** y hace un gran ruido "¡bum!".

Luís y yo nos miramos pero no sabemos qué decir. Es una situación muy incómoda para mí. Después de un minuto Luís dice: ¨Ahora tengo que irme, pero me gustaría hablar contigo más tarde. Ven al hotel a las nueve y cenamos juntos".

Todo me parece muy extraño pero todavía es mi cliente y quiero causar una buena impresión. Le digo que sí y me voy a casa a descansar un poco.

CAPÍTULO 8

❖

Cuando llego a casa y le cuento la historia a mi novio él tampoco entiende nada. No estoy segura de si me escucha porque sigue viendo vídeos en el ordenador pero cuando termino me da un **abrazo** y me ofrece una taza de café.

Ha empezado a llover y **a pesar del** café, me duermo un rato en el sofá mientras pienso en todo lo que ha pasado. Cuando me despierto continúa lloviendo y llamo al hotel para ver si María ha vuelto, pero me dicen que no.

A las nueve llego al restaurante del hotel y parece que Luís lleva ya un rato allí.

- Hola, Elena, gracias por venir.

El restaurante del hotel es muy bonito y elegante pero está casi vacío. Solo hay otra mesa con una pareja. El camarero nos recomienda el menú de noche y aceptamos.

- ¿Sabes algo de María? -le pregunto-
- Ha tomado un avión y ahora está en Madrid.
- Entonces no hay concierto.
- No.
- Es lo que tú querías, ¿no?
- ¿Yo?

Luís me mira sorprendido y se pone un poco nervioso.

- No te entiendo.
- Tú has escrito los mensajes, ¿verdad?
- ¿Yo?
- Sí, tú, Luís.

Hay un silencio hasta que finalmente dice:

- No, yo soy su manager.
- Exacto, y eres la única persona con acceso a su habitación, su teléfono, etc.
- Pero yo no tengo motivos para…
- Mira, Luís, yo he pasado solo un día con María y es una persona horrible. No puedo imaginar cómo es trabajar con ella todo el tiempo.

- Es muy difícil. Siempre hay problemas con ella. Me insulta, es caprichosa, maleducada con todo el mundo... Los mensajes para asustarla eran mi forma de **venganza**.

- Tú me llamaste para proteger a María.

- Era parte de mi plan, para hacerlo más realista.

- Hay una cosa que no entiendo, ¿por qué me has llamado para cenar?

- Porque aún no te he pagado.

- Ah, es verdad. Bueno, vamos a **brindar** por eso.

CAPÍTULO 9

❖

Al día siguiente estoy viendo las noticias en la televisión con Alberto cuando aparece María Calavera. Es una noticia sobre la cancelación del concierto en Oviedo. Su manager ha explicado que María ha tenido una crisis nerviosa y que su condición psicológica no es muy estable. Aparecen las imágenes de María discutiendo en el restaurante y en la calle con los fans.

- ¿No es esa la chica que estuvo ayer en casa?
- Sí, María Calavera.
- No parece muy simpática, ¿no?

- Mmm, puedes preguntarle a Natalia... todavía está en estado de shock después de su **comportamiento** durante la visita.

- ¿Qué crees que va a hacer ahora?

- No lo sé, pero espero que no venga nunca más a Oviedo.

ACTIVIDADES

CAPÍTULOS 1 - 2

1. Busca en internet dónde está la Comunidad Autónoma de Asturias y escríbelo en el mapa. Indica las Comunidades Autónomas que conoces.

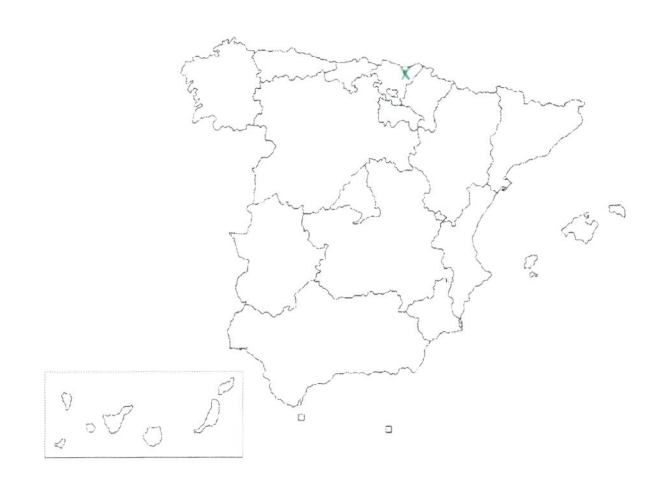

2¿Cómo responde Elena cuando suena el teléfono? "Diga"
Elena responde muy mal al teléfono

3. ¿Por qué quieren contratar los servicios de Elena?

Quieren contratar los servicios de Elena porque María tiene malos messages para la señora de Elena

4. ¿Verdadero o falso?

María llega a Oviedo la noche del concierto.

falso ✓

5. ¿Qué significa: "Es un loco del fútbol?"

Significa que (le gusta) quiere mucho el fútbol

6. Un sinónimo del verbo "Almorzar"

Comer ✓

7. ¿Qué significa la palabra "Escaparates"?

Una ventana

8. ¿Cómo imaginas físicamente a María?

Imagino que es muy guapa, tiene el pelo marrón muy largo.

CAPÍTULOS 3 - 4

1. ¿Por qué prefiere ir taxi al restaurante?

   prefiere ir taxi para evitar a las periodistas ✓

2. ¿Quiénes son las personas que comen con María en el restaurante?

   La personas que comen con María son Luiz y dos musicos ✓

3. Elena le escribe un mensaje a su novio: "Estoy trabajando, no me esperes despierto". Imagina que eres el novio de Elena y respondes a su mensaje.

   OK, soy muy contento para ti. Dis me manda sueles.

4. ¿Por qué Elena decide entrar en el restaurante?

   Elena entra en el restaurante porque hay chicas que quieren una foto con María
   Porque hace muy frio y tien aurora

5. ¿Qué significa la expresión: "Dejadme en paz".

Laisse moi tranquile

6. ¿Verdadero o falso?
Luis sospecha de algún empleado del hotel

~~falso~~ ✓ verdadero

7. Escribe el contrario de:
Difícil ___fácil___ ✓
Juntas ___solo___ separados
Nunca ___mucho___ siempre
Encender ___apagar___ apagar
Nervioso ___calm___ tranquilo

8. Busca en internet información sobre el Hotel Reconquista.

CAPÍTULOS 5 - 6

1. Por la mañana María bebe café solo. ¿Qué otros tipos de café conoces?

_____

_____

2. Explica el significado de la palabra "Ayuntamiento".

Ayuntamiento es ~~ese~~ donde van las personas cuando están acusadas de una cosa

3. ¿Qué diferencia hay entre una calle y una callejuela?

Una callejuela es una calle muy vieja la callejuela no es propia

4. Verdadero o falso: A María le entusiasma la historia de la ciudad.

falso

5. ¿Por qué el mercado de Oviedo se llama "El Fontán"?

porque muy cerca existía una fuente

6. ¿Qué significa la frase :No tenemos su talla"?

"No tenemos su talla" significa "on n'a pas sa taille"

7. María recibe el mensaje "Ten cuidado...", ¿qué tiempo verbal es "ten"?

"ten" es en el imperativo.

8. ¿Cuál es la reacción de Alberto cuando ver llegar a las tres chicas?

Alberto es muy sorprendido.

9. ¿Qué ha recibido María en la recepción del hotel?

María ha recibido un ramo de flores en la recepción del hotel.

CAPÍTULOS 7 - 8 - 9

1. ¿Qué significa "María está fuera de control?

"María está fuera de control" significa que no tiene mucho control porque ha bebido mucho alcol. ✓

2. ¿Qué significa "Cállate"?

Tais-toi

3. ¿Verdadero o falso?
María está enfadada porque han cancelado el concierto _falso_ ✓

4. Luís y Elena toman el "Menú de noche" en el hotel. Imagina cómo es ese menú:
Primer plato _carpaccio de carne de vaca_
Segundo plato _filete de pescado_
Postre _pavlova_

5. ¿Por qué Luís quiere cenar con Elena?

Luiz quiere cenar con Elena para dice que no hay conciertos para el pago

6. ¿Qué motivos tenía Luís para escribir esos mensajes a María?

Luis escribe esos mensajes a María porque María es un persona horrible. ✓

7. ¿Qué explicaciones dan para la cancelación del concierto?

María dice que no quiere estar en esta ciudad más tiempo.

8. ¿Qué imagen crees que tiene Natalia de María Calavera?

Natalia tiene un imagen de esos esnob y de insolente de María Calavera

9. ¿Cómo crees que puede afectar este incidente a la carrera de María Calavera?

Creo que este incidente pueda perder dinero a María y crear una imagen muy mal de ella.

VOCABULARIO

A

Abrazo - A hugg
Aconsejar - To advise
Amenazas - Threats
A pesar de - Despite
Aunque - Although
Auriculares - Headphones
Ayuntamiento - Town hall

B

Brindar - To cheer

C

Comportarse - To behave

D

Decepcionados - Disappointed

E

Emocionada - Excited
Encargarse - To take on the responsibility
Encender - To light/To turn on

Enfadada - Annoyed/Angry
Escaparates - Shop window
Espejo - Mirror
Evitar - To avoid

F
Fuerza - Strength

G
Gerente - Manager
Gesto - Gesture
Grabar - To record
Gritar - To shout
Guardaespaldas - Bodyguard

P
Parada - Stop
Partido - Match
Peligro - Danger

R
Ramo - Bouquet
Rato - A while/Short period of time

S
Sucia - Dirty

T
Talla - Size
Testigo - Witness

V
Venganza - Revenge

Printed by Amazon Italia Logistica S.r.l.
Torrazza Piemonte (TO), Italy